AF446987

انمول

نگین طاہر

حسنِ ترتیب

ابتدائی کلمات

اللہ کا شکر ہے کہ اس نے ہمیں انسان بنایا اور اپنے پیارے نبی حضرت محمد کا امتی بنایا اور آپ پر درود و سلام کہ ہمیں اپنی امت میں قبول فرمایا۔ یہ سب کچھ اللہ کی بے پناہ رحمت اور فضل کا نتیجہ ہے۔

اس کتاب کی تخلیق میں میرے والدین کی بے پناہ محبت، رہنمائی اور قربانیوں کا بڑا ہاتھ ہے۔ ان کے بغیر یہ سفر مکمل نہ ہوتا۔ میری بہنوں کا بھی دل سے شکریہ جن کی حمایت اور حوصلہ افزائی نے مجھے اس کام کو مکمل کرنے کی طاقت دی۔

اس کتاب کی تخلیق کے لیے میں زاہد بھائی کا خصوصی شکریہ ادا کرنا چاہتی ہوں جنہوں نے مجھے اس خیال کی ترغیب دی اور اس سفر کا آغاز کرنے میں میری رہنمائی کی۔ میں ایک مسافر تھی اور مسافر کے لیے راستہ دکھانے والا بہت اہمیت رکھتا ہے۔ لیکن اپنی منزل تک پہنچنے کے لیے محنت خود کرنی پڑتی ہے۔ یوں تو رہنمائی بہت ضروری ہے لیکن اصل کامیابی تب ملتی ہے جب مسافر خود اپنی محنت سے منزل تک پہنچتا ہے۔

الحمد للہ، مجھے فخر ہے کہ میں اپنی خاندان کی پہلی لکھاری ہوں۔ یہ میرے لیے ایک خاص اعزاز کی بات ہے۔ میری شاعری الہام نہیں بلکہ دل کی سچی آواز ہے جو زندگی کے مختلف پہلوؤں کو بیان کرتی ہے۔ امید ہے کہ یہ کتاب آپ کو پسند آئے گی۔

میں کون

میرا نام نگین ہے۔

نگین کا مطلب ہے قیمتی پتھر۔

قیمتی ان کے لیے جو قدر کریں

اور

پتھر ان کے لیے جو پتھر کر دیں۔

میری شاعری بھی اسی قیمتی پتھر کی مانند ہے۔یہ الفاظ اور خیالات کی شکل میں تخلیق کی گئ ہے تاکہ دلوں تک پہنچ سکے۔ہر نظم میرے جذبات،خیالات اور زندگی کے مختلف پہلوؤں کا آئینہ دار ہے۔

جن لوگوں کو شاعری کی خوبصورتی اور عمیق معانی کی قدر ہوگی ان کے لیے یہ کتاب ایک قیمتی خزانہ ہے اور جو اس کے اصل پیغام کو نہیں سمجھ پائیں گے ان کے لیے یہ بس چند لفظوں کا مجموعہ ہو سکتا ہے۔

لیکن میرا یقین ہے کہ میری کتاب کا ہر لفظ آپ کے دل کو چھوئے گا اور یہ
کتاب آپ کے دل میں ایک خاص مقام بنائے گی۔

اللہ اور انسان: ایک فکری سفر

اللہ ہر چیز کا خالق ہے، ہماری فطرت، ہماری زندگی، اور ہماری تقدیر کا رازدان ہے۔ انسان، اس کی تخلیق، ایک ایسی مخلوق ہے جو اپنی محدودیتوں اور خواہشات کے باوجود اس عظیم حقیقت کو سمجھنے کی کوشش کرتی ہے۔ خدا کی صفات نہ صرف اس کی بے پناہ طاقت اور علم کی عکاسی کرتی ہیں بلکہ اس کی بے پناہ محبت اور رحم کو بھی ظاہر کرتی ہیں۔

قرآن میں اللہ تعالیٰ فرماتے ہیں:

"اے سننے والے کیا تو نے نہ دیکھا کہ اللہ جانتا ہے جو کچھ آسمانوں میں ہے اور جو کچھ زمین میں، جہاں کہیں تین شخصوں کی سرگوشی ہو تو چوتھا وہ موجود ہے اور پانچ کی تو چھٹا وہ اور نہ اس سے کم اور نہ اس سے زیادہ کی

مگر یہ کہ وہ ان کے ساتھ ہے جہاں کہیں ہوں پھر انھیں قیامت کے دن بتا دے گا کہ جو کچھ انھوں نے کیا بے شک اللہ سب کچھ جانتا ہے"

(سورۃ المجادلۃ، 58:7)

انسان، اپنی فطرت میں ایسے ہے جو ہمیشہ کچھ بہتر کی تلاش میں رہتا ہے۔ یہ تلاش اکثر خدا کی رضا اور اس کی قربت حاصل کرنے کی کوشش میں بدل جاتی ہے۔ لیکن، انسان کی کمزوری یہ ہے کہ وہ اکثر اس تلاش میں خود کو بھول جاتا ہے، اپنی خواہشات اور دنیاوی لذتوں کے پیچھے دوڑتا ہے۔ اس کے برعکس، خدا ہر حال میں انسان کے ساتھ ہوتا ہے، اس کی رہنمائی کرتا ہے اور اس کی مشکلوں میں اس کا سہارا بنتا ہے۔ خدا اور انسان کے تعلقات کا اصل محور محبت اور معافی ہے۔ خدا کی محبت بے انتہا ہے، جو انسان کی ہر خطا کو معاف کر دیتی ہے اگر وہ سچی توبہ کرے۔

قرآن میں اللہ تعالیٰ فرماتے ہیں:

"میں اپنی رحمت کو اپنی غضب پر فوقیت دیتا ہوں"

(سورۃ الاعراف، 7:156)

یہ پیغام انسانوں کو یہ سمجھاتا ہے کہ خدا کی محبت اور رحمت ہر چیز پر غالب ہے اور انسان کو ہمیشہ اپنی طرف رجوع کرنے کا موقع ملتا ہے۔ انسان کی ذمہ داری ہے کہ وہ اس محبت اور رحمت کو سمجھ کر اپنی زندگی کو بہتر بنائے۔ انسان کا مقصد صرف دنیاوی کامیابیاں حاصل کرنا نہیں، بلکہ اس کی زندگی کا اصل مقصد خدا کی رضا اور اس کی قربت حاصل کرنا ہے۔

قرآن میں اللہ تعالیٰ فرماتے ہیں:

"اور میں نے جنات اور انسانوں کو صرف اس لیے پیدا کیا کہ وہ میری عبادت کریں" (سورۃ الذاریات 51:56)

اس پیغام کے ذریعے انسان کو یہ احساس دلایا جاتا ہے کہ اس کی زندگی کا حقیقی مقصد خدا کی عبادت اور اس کی قربت حاصل کرنا ہے۔

لہذا، خدا اور انسان کے درمیان تعلقات ایک فلسفیانہ اور روحانی سفر ہیں جو انسان کو اپنی فطرت اور اس کے اصل مقصد کو سمجھنے میں مدد دیتے ہیں۔ یہ تعلقات نہ صرف انسان کی روحانیت کی عکاسی کرتے ہیں بلکہ اس کی زندگی کو ایک اعلیٰ معنویت دیتے ہیں۔

کیوں توقع رکھتا ہے دنیا سے   تو دل نادان

جس مقصد کے لیے بھیجا دنیا میں تجھے   تو اس مقصد کو پہچان

کیوں غافل رہتا ہے خدا سے   تو دل نادان

بنا مطلب چاہتی ہے وہی اک ذات تجھے   تو اس ذات کو پہچان

اللّٰه

محمد صلى الله عليه وسلم

روحانی تمنائیں اور دعائیں

زندگی کی روحانیت انسان کے دل کی گہرائیوں سے اُبھرتی ہے، اور اس کی تمنائیں اور دعائیں اس روحانی سفر کی عکاسی کرتی ہیں۔ ہر انسان کی روح میں ایک خاموش خواہش ہوتی ہے کہ وہ خدا کے قریب ہو، اور یہ خواہش اس کے دل کے ہر کونے میں بکھری ہوتی ہے۔ مقدس مقامات کی زیارت، نفل عبادات، اور دعاؤں کا عمل، انسان کی روح کی پیاس کو بجھانے اور اس کے دل کو سکون دینے کا ذریعہ بنتا ہے۔ جب انسان مقدس مقامات کی زیارت کرتا ہے، جیسے کہ حجرِ اسود، گنبدِ خضریٰ، یا سنہری جالیوں کا مشاہدہ کرتا ہے، تو وہ ایک روحانی سکون محسوس کرتا ہے۔ یہ مقام نہ صرف مذہبی اہمیت رکھتے ہیں بلکہ ان کے ذریعے انسان کو روحانی تسکین ملتی ہے۔ دعاؤں کے ذریعے انسان اپنے دل کی بات خدا تک پہنچاتا ہے، اور یہ دعاؤں کی قبولیت کی امید اس کی روحانی زندگی کو مزید بامعنی

بناتی ہے۔روحانی تمنائیں، جیسے کہ مقدس مقامات کی زیارت، نفل عبادات، اور دعاؤں کے ذریعے قربت حاصل کرنے کی خواہش، انسان کی دل کی گہرائیوں سے اُبھرتی ہیں۔یہ تمنائیں انسان کی روح کی سچائی اور خالصیت کو ظاہر کرتی ہیں اور اسے ایک روحانی سکون کی طرف لے جاتی ہیں۔خدا کی رحمت اور عنایتیں انسان کی دعاؤں کا جواب دیتی ہیں، اور انسان کی روحانی تمنائیں پورا کر کے اسے سکون عطا کرتی ہیں۔یہ روحانی سفر انسان کی زندگی کو ایک اعلیٰ معنویت عطا کرتا ہے اور اسے خدا کے قریب لے جاتا ہے، جہاں اس کا دل سکون اور خوشی محسوس کرتا ہے۔

اللہ پاک، ہمیں خانہ کعبہ کی با برکت زیارت نصیب فرما اور مدینہ منورہ کی حاضری کا شرف عطا فرما۔ ہمارے دلوں کو ایمان کی روشنی سے منور کر۔

آمین، ان شاء اللہ

ایک حسین سفر لکھ دے مولا

یہ خواب ہے میرے

چوموں حجر اسود کو میں

یہ خواب ہے میرے

گنبد خضریٰ کو دیکھوں میں

یہ خواب ہے میرے

نوافل ادا کروں غاروں میں

یہ خواب ہے میرے

سنہری جالیوں کو تکتی رہوں میں

یہ خواب ہے میرے

میں تیری بندی ہوں مولا

پورے کر خواب میرے

نصیب میں میرے

یہ خواب ہے میرے

دھل جائیں گناہ میرے

یہ خواب ہے میرے

قرار آئے دل کو میرے

یہ خواب ہے میرے

جہاں رہے تھے کبھی آقا میرے

یہ خواب ہے میرے

قرار آئے دل کو میرے

یہ خواب ہے میرے

نصیب کھول دے میرے

پورے کر خواب میر

قرآن ہدایت کا سرچشمہ

قرآن کریم، جو اللہ تعالیٰ کی جانب سے نازل شدہ آخری کتاب ہے، انسانیت کے لیے ہدایت کا بے پناہ سرچشمہ ہے۔ یہ مقدس کتاب نہ صرف روحانی بلکہ عملی زندگی کے ہر پہلو کے لیے رہنمائی فراہم کرتی ہے۔ قرآن کی تعلیمات میں ہر انسانی مسئلے کا حل موجود ہے، خواہ وہ فرد کی زندگی ہو یا اجتماعی، روحانی ہو یا جسمانی۔

قرآن کی ہدایت کا آغاز اس دن ہوا جب اللہ تعالیٰ نے حضرت محمد صلی اللہ علیہ وسلم پر وحی نازل کی۔ یہ کتاب انسانوں کے لیے ایک جامع ضابطہ حیات ہے، جو زندگی کی تمام ضروریات کو پورا کرنے کی صلاحیت رکھتی ہے۔ قرآن کے مطالعہ سے انسان کو اپنی زندگی کی حقیقت سمجھنے میں مدد ملتی ہے اور اس کے دل و دماغ کو سکون و اطمینان نصیب ہوتا ہے۔

قرآن کی آیات میں ہر انسان کے لیے عبرت اور تفکر کے کئی پہلو موجود ہیں۔ اس کی تعلیمات میں اخلاقی اقدار، معاشرتی اصول، اور روحانی ترقی کے ذرائع شامل ہیں جو فرد اور قوم کی فلاح و بہبود کی ضامن ہیں۔ قرآن نے ہر مسلمان کو عدل،

انصاف، اور رحم دلی کا پیغام دیا ہے اور برائیوں سے بچنے اور نیکیوں کی طرف راغب کرنے کی کوشش کی ہے۔

قرآن کی سب سے بڑی ہدایت یہ ہے کہ انسان اپنے رب کے ساتھ تعلق مضبوط کرے اور اس کی رضا حاصل کرنے کی کوشش کرے۔ اس کی تعلیمات میں نماز، روزہ، زکوٰۃ، اور حج جیسے ارکانِ اسلام کی اہمیت پر زور دیا گیا ہے، جو فرد کی روحانیت اور اخلاقیات کی بہتری کے لیے ضروری ہیں۔ قرآن نے عبادات کی اہمیت کے ساتھ ساتھ معاشرتی مسائل جیسے ظلم و زیادتی، جھوٹ، اور بدعنوانی کے خلاف بھی سخت موقف اختیار کیا ہے۔

یہ کتاب ہر دور کے انسانوں کے لیے ہدایت کا پیغام ہے۔ قرآن کی تعلیمات کو سمجھ اور ان پر عمل کرنے سے انسان کی زندگی میں نئی روشنی آتی ہے اور وہ صحیح راستے پر گامزن ہوتا ہے۔

لہذا، قرآن کریم کو ہدایت کا سرچشمہ ماننا ایک فطری حقیقت ہے جو ہر مسلمان کے دل و دماغ میں بستی ہے۔ اس کی تعلیمات پر عمل پیرا ہو کر انسان دنیا و آخرت کی کامیابی حاصل کر سکتا ہے اور اللہ کے قریب جا سکتا ہے۔

قرآن کی ہدایت وہ روشنی ہے جو انسان کی زندگی کو تاریکی سے نکال کر روشنی کی طرف لے جاتی ہے اور اسے اس کے اصل مقصد کے قریب پہنچاتی ہے۔

میں اپنے والدین کا شکر گزار ہوں جنہوں نے ہمیں قرآن کی تعلیم سے نوازا اور اس کی تعلیمات پر عمل پیرا ہونے کی رہنمائی کی۔

دعا ہے کہ اللہ پاک ہمیں قرآن پاک کو پڑھنے، سمجھنے، اور اس پر عمل کرنے کی توفیق عطا فرمائے۔

آمین، ان شاء اللہ

قرآن ہے نور کا پیغام لیے ہوئے

محمد ﷺ اس کے ہر حرف پہ عمل کیے ہوئے

اللہ کا فرمان دلوں کا سکون ہے

محمد ﷺ کی سنت زندگی کا قانون ہے

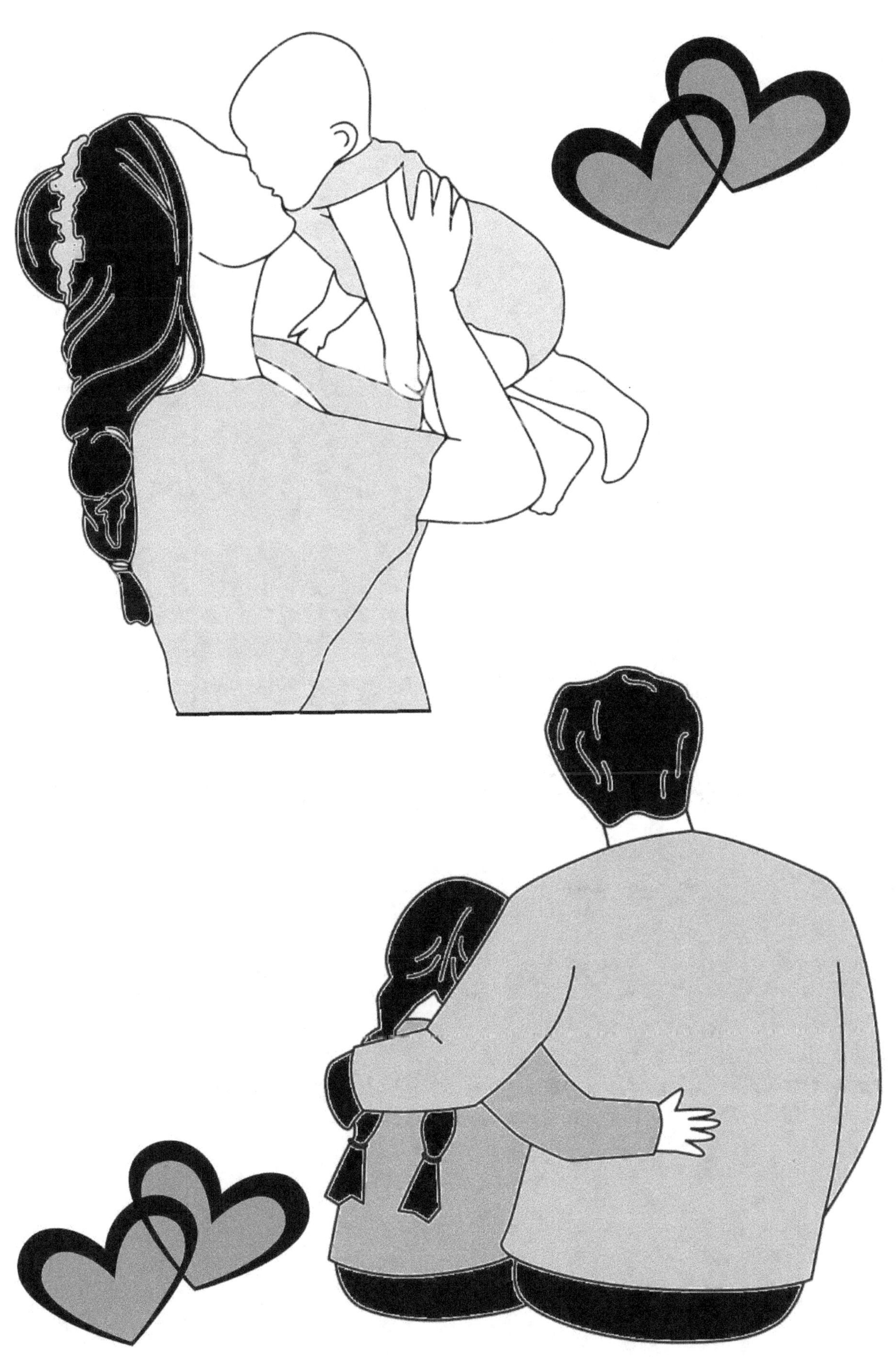

"والدین کی قربانیاں اور بہنوں کی محبت"

(ایک خراج تحسین)

میرے والدین اللہ کی سب سے بڑی نعمتیں ہیں، جن کی قربانیاں اور محبت کی گہرائی کو الفاظ میں بیان کرنا ممکن نہیں۔ میرے والد، جنہوں نے اپنی زندگی کی ہر صبح اور شام ہماری خوشیوں کے لیے وقف کر دی، جو اپنی زندگی کی تمام مشکلات کے باوجود ہمارے لیے سایہ اور حوصلہ بنے رہے۔ ان کی مسکراہٹ اور ہر لمحے کی حوصلہ افزائی نے ہمیں کبھی کمزوری محسوس نہیں ہونے دی، بلکہ ہمیشہ اپنے خوابوں کی تکمیل کے لیے مائل کیا۔

اور میری والدہ، جنہوں نے اپنی بلا شرط محبت اور بے پناہ محنت سے ہماری زندگیوں کو روشن کیا انہوں نے اپنی زندگی کی ہر خوشی اور سکون کو ہمارے لیے قربان کر دیا، تاکہ ہم ایک خوشحال اور آرام دہ زندگی گزار سکیں۔ان کی ہر قربانی، ہر دن کی محنت، اور ہر رات کی دعا، ہمارے لیے سب سے بڑی دولت ہے۔

میری زندگی کی سب سے بڑی خوشی میری بہنوں کی محبت اور قربانیوں میں پوشیدہ ہے۔ میری بڑی بہن، جو ہمیشہ ہماری زندگی کی روشنی رہی ہیں، انہوں نے اپنے دل کی گہرائیوں سے ہمیں محبت دی۔ جب ہم مطالعے میں محو ہوتے، تو کبھی بھی انہوں نے ہم سے کوئی کام کرنے کو نہیں کہا۔ بلکہ ہمیشہ اپنے سر پر بوجھ لے کر ہمیں سکون فراہم کیا، اور ہر مشکل گھڑی میں ہمیں اپنی محبت اور حمایت سے سہارا دیا۔

میری چھوٹی بہن، جو MBBS کی تعلیم حاصل کر رہی ہے، اپنی محنت اور عزم کی بدولت ایک روشن مستقبل کی طرف بڑھ رہی ہے۔ اس کی ہر

کوشش، ہر دن کی محنت، اور ہر رات کی پڑھائی ہمیں بے حد متاثر کرتی ہے۔ وہ ہمارے دلوں کی روشنی ہے اور ہمیں اس پر فخر ہے کہ وہ ڈاکٹر بن کر ہماری زندگیوں میں نئی اُمید اور روشنی بھرے گی۔

اللہ تعالیٰ ہمارے والدین کی بے پناہ قربانیاں قبول فرمائے۔ دعا ہے کہ اللہ ہمارے والدین کو لمبی عمر عطا فرمائے، صحت مند رکھے، اور ان کی ہر مشکل کو آسان فرمائے۔ دعا ہے کہ میری بہنیں اپنے خوابوں کو پورا کریں، اور اللہ انہیں کامیابی کی بلندیوں پر پہنچائے۔ اللہ تعالیٰ ہمارے خاندان پر اپنی رحمتوں کا سایہ رکھے، اور ہمیں ہمیشہ آپس میں محبت اور اتحاد کے ساتھ زندگی گزارنے کی توفیق عطا فرمائے اور ہم سب مل کر ایک خوشحال اور کامیاب زندگی گزار سکیں۔

آمین

جو خفا ہو کر بھی فکر مند رہے اسے ماں کہتے ہے

جو تیری خاطر دھوپ میں جلتا رہے اسے باپ کہتے ہے

جو بنا کسی شرط کے محبت کرے اسے ماں کہتے ہے

جو محبت کے سوا کچھ نہ جتلائے اسے باپ کہتے ہے

ماں باپ خدا کی دی ہوئی نعمتوں میں سے ایک نعمت ہے

اور جس گھر میں یہ نعمتیں ہو اس گھر کو جنت کہتے ہے

"احساسات کی دنیا"

اس کتاب میں آپ کو شاعری کی ایک ایسی دنیا ملے گی جو مختلف موضوعات اور جذبات کی جھلکیاں پیش کرتی ہے۔ہر شعر اپنی منفرد رنگت اور احساسات کے ساتھ آپ کو ایک نیا تجربہ فراہم کرتا ہے۔

آپ کو اس کتاب میں اداس لمحوں کی گہرائی،رومانوی جذبات کی پختگی،عید کی خوشیوں کا جوش،بچھڑنے والوں کی یاد،بے وفائی کا دکھ اور دوستوں کے ساتھ کی گئی محبت کی عکاسی ملے گی۔

ہر موضوع ایک الگ کہانی اورپیغام کے ساتھ پیش کیا گیا ہے،جو آپ کے دل و دماغ کو چھو جانے والا ہے۔ہر صفحے پر آپ کو مختلف جذبات اور خیالات کی جھلک ملے گی،جو کتاب کو ایک متنوع اور رنگین منظر نامہ فراہم کرتی ہیں۔

یہ شاعری کی دنیا آپ کو ہر صفحے پر نیا رنگ اور نیا احساس دے گی۔

ہر کوئی عید کی تیاریوں میں ہیں گم
کوئی پوچھے تمہارا تو کیا کہے ہم

اس بار بھی آؤ گے نہ
یا پھر تصویر سے گزارا کریں ہم

تیرے ہاتھوں میں میرا ہاتھ ہو

تو ہر دکھ سکھ میں میرے ساتھ ہو

میں روٹھ جاؤں تو تم منا لو

تیری ہر بات میں میری بات ہو

تجھے دیکھوں تو سارے غم دور ہو

تیری مسکراہٹ میں میرا سکون ہو

مجھے چاہت ہے اس ان دیکھے اجنبی سے

دعا ہے اسکی چاہت میرے سوا کوئی اور نہ ہو

سنو جانا آو مل کر عید منائیں ہم
کچھ تیری سنے کچھ سنائیں ہم

تجھے جی بھر کے ستائیں ہم
تو روٹھے تو تجھے منائیں ہم

تجھے مل کر یہ بتائیں ہم
تجھے کس قدر چاہیں ہم

تیری راہوں میں پھول سجائے ہم
تجھے پیارا گیت سنائیں ہم

تیرے کاندھے پہ سر رکھ کر
صدیوں کی تھکن مٹائیں ہم

اپنے دل کو یوں نہ ستایا کر

جو نظر انداز کرے، اسے نہ چاہا کر

بے حس لوگ ہیں یہاں، دلِ نادان

تو اپنے جذبات نہ ضلئع کر

آج سرد موسم میں   اسکا سرد لہجہ یاد آیا

مل بیٹھتے تھے جب ہم   وہ زمانہ یاد آیا

جو کبھی نہ تھا ہمارا   وہ اپنا یاد آیا

ہمیں جو بھی تھا بھولنا   وہ سب یاد آیا

love

تیرے نام میں ہیں حروف چار

میرے نام میں بھی حروف چار

تم سے الفت ہے ہمیں بے حد یار

دیکھو الفت میں بھی حروف چار

بچھڑ جانے کی بات نہ کرنا یار

بھلے اس میں بھی حروف چار

بچھڑ گئے اگر ہم تم سے یار

تو مرنے میں بھی ہے حروف چار

تجھے جان کہوں یا جہاں کہوں

تیرے غم کو اپنا غم کہوں

تجھے خوابوں کی تعبیر کہوں

تیرے چہرے کو پھول گلاب کہوں

تجھ سے ملنے کی شکر گزاری کروں

تیری محبت کو زندگی کی دعا کہوں

friends

میری خاموشی کو سمجھے کوئی

بخدا یہ میری گفتگو سے گہری ہے

میری نظر سے دیکھے کوئی

بخدا وہ سب سے پیاری ہے

یک طرفہ محبت کا علاج بتائے کوئی

ہائے ! کیا یہ لا علاج بیماری ہے

وہ بلائیں اور ہم نہ جائیں ایسی بات تو نہیں

پر ہم بلائیں اور وہ آ جائیں اب ایسی بات بھی نہیں

نہ خود کو برباد کیجئے نہ اس کو برباد کیجئے

محبت تو خوبصورت احساس ہے اسکو تو نہ خراب کیجئے

کیوں پوچھتے ہو مجھ سے بے رخی کا سبب

میرے رویے سے جھلکتا ہے تمہارا ہی پڑھایا ہوا سبق

دسمبر کے حوالے سے کیا لکھوں تیرے لیے
میری زندگی کا ہر پل تیری قسم تیرے لیے

پھر کیا دسمبر کیا جولائی، نہیں سہی جاتی اب یہ جدائی
پھر کیا خزاں کیا بہار مجھے رہتا ہے تیری یادوں کا خمار

مجھے زندگی بھر رہنا ہے تیرے دل میں تیرے لیے
میری زندگی کا ہر پل تیری قسم تیرے لیے

JUSTICE

اس کی آنکھوں میں کچھ خواب تو ہوں گے

اس کے دل میں کچھ ارمان تو ہوں گے

زمانہ جاہلیت میں زندہ درگور کرتے تھے

اب زندگی دے کر خوابوں کو درگور کرتے ہیں

نکلی تھی گھر سے زخموں کو بھرنے

خود زخموں سے سارا جسم بھر گیا

قیامت سے پہلے ہی قیامت دیکھی ہو گی

کچھ چہرے بے نقاب دیکھے ہوں گے

افسوس! وہ چینخی چلائی تڑپی روئی ہو گی

وہ دم توڑنے سے پہلے ہی مر گئی ہو گی

بارش: قدرت کا عظیم تحفہ

بارش قدرت کا ایک حسین مظہر ہے، جس میں اللہ کی عظیم قدرت کی جھلک نظر آتی ہے۔ جب بادل آسمان پر گہرے سیاہ رنگ کے پردے بچھاتے ہیں اور ہوا میں ایک عجیب سی خاموشی چھا جاتی ہے، تو دل میں ایک عجیب سی سرشاری پیدا ہوتی ہے۔ بارش کی بوندیں جب زمین کو چھوتی ہیں، تو ایک نہایت دل کو چھونے والی موسیقی پیدا ہوتی ہے، جیسے یہ بوندیں دل کی تاروں کو چھیڑ رہی ہوں۔ یہ نغمہ قدرت کا ایسا تحفہ ہے جو دل کی گہرائیوں کو چھوتا ہے اور انسان کو ایک لمحے کے لیے دنیاوی مسائل سے دور لے جاتا ہے۔

بارش سے قبل کی خاموشی میں ہوا کی ہلکی سرسراہٹ اور گھنے بادلوں کا گرجنا ایک ایسا منظر پیش کرتا ہے جو دل کو محو کر دیتا ہے۔ اس لمحے میں انسان قدرت کے اس عظیم کھیل کا حصہ بن جاتا ہے، جیسے ہر بوند کے ساتھ فطرت اپنی خلاقی کا مظاہرہ کر رہی ہو۔ اور پھر جب بارش زمین پر برستی ہے، تو اس سے اُٹھنے والی مٹی کی خوشبو دل میں عجیب سی محبت اور اپنائیت بھر دیتی ہے۔ اور ہوا میں تازگی کا احساس ہر چیز کو اپنے حصار میں لے لیتا ہے

بارش کا آسمان سے زمین کی طرف سفر اور اس دوران ہوا کی سرد مہک میں ایک عجیب سی کشش ہوتی ہے۔یہ لمحات دل کو فرحت بخش دیتے ہیں اور انسان کو قدرت کی عظمت کا احساس دلانے کے ساتھ ساتھ ایک نیا ولولہ بھی عطا کرتے ہیں۔ بارش کے بعد کا منظر جب قوس قزح اپنے سات رنگوں کے ساتھ آسمان پر نمودار ہوتی ہے، تو وہ قدرت کا ایک دلنشین تحفہ ہوتا ہے، جیسے فطرت خوشیوں کے رنگ بکھیر رہی ہو۔

اور پھر جب بارش میں انسان اپنے دوستوں یا محبوب کے ساتھ وقت گزارتا ہے، تو اس لمحے کی دلکشی اور بڑھ جاتی ہے۔ بارش کی ہر بوند میں ایک نیا احساس اور یاد چھپی ہوتی ہے۔یوں لگتا ہے کہ بارش دل کے غموں کو دھو کر لے جا رہی ہے اور ایک نئی امید کی کرن چھوڑ رہی ہے۔

بارش صرف پانی کی بوندیں نہیں، بلکہ یہ دلوں کو چھو لینے والا ایک احساس ہے، جس میں قدرت کی عظمت کے ساتھ ساتھ محبت، دوستی، اور یادوں کا حسین امتزاج چھپا ہوا ہے

بارش کی بوندوں میں چھپا ہے رازِ حیات

ہر قطرہ سناتا ہے قدرت کا سازِ حیات

ہوا میں گھلتی خوشبو مٹی کی کہانی

چپکے سے بتاتی ہے محبت کا رازِ حیات

بادلوں کا شور، ہوا کا نرم گیت

یوں لگے جیسے فطرت نے چھیڑا ہے سازِ حیات

قوس قزح کے رنگ بکھرتے ہیں فضاؤں میں

کون جانتا تھا، ان میں ہے دل کا آغازِ حیات

دوستوں کے سنگ بارش میں گزرتے لمحات

محبوب کے ساتھ، ہر بوند بنے احساسِ حیات

بارش کی بوندوں میں یادوں کا ساز ہوتا ہے

ہر قطرہ گویا بچھڑے دلوں کا راز ہوتا ہے

وہ لمحے جو گزر گئے، پھر سے جاگ اٹھتے ہیں

بارش میں جیسے دل کے زخم بھڑک اٹھتے ہیں

یہ بارش بھی عجب کہانی سناتی ہے

بچھڑوں کی یادیں خاموشی سے جگاتی ہے

دل چاہتا ہے وہ پل بھر میں پلٹ آئیں

جب بارش ہو، ہم ساتھ مل کر گائیں

زندگی کا فلسفہ

زندگی ایک پیچیدہ اور پر اسرار داستان ہے، جو مسلسل تغیرات اور نشیب و فراز کی حقیقتوں میں لپٹی ہوئی ہے۔ یہ ایک ایسا سفر ہے جس میں کبھی مسرتوں کے چراغ روشن ہوتے ہیں، تو کبھی غم کی تاریک راتیں چھا جاتی ہیں۔ انسان کبھی ایسی راہوں پر گامزن ہوتا ہے جہاں اسے محبت اور وفا کی دولت میسر آتی ہے، تو کبھی وہی راہیں بے وفائی کے کانٹوں سے بھری ملتی ہیں۔

یہ ایک عجیب حقیقت ہے کہ کبھی وہ لوگ جو دل کے قریب ہوتے ہیں، حقیقت میں ہمارے نصیب کا حصہ نہیں ہوتے۔ اس دنیا میں سچائی ہمیشہ آسانی سے ثابت نہیں ہوتی، بسا اوقات انسان دل سے سچا ہوتا ہے مگر دنیا کی آنکھوں میں وہی سچائی جھوٹ کا غلاف اوڑھ لیتی ہے۔ اور کبھی ایسا یقین نصیب ہوتا ہے کہ بغیر الفاظ کے ہی دل کی بات دل تک پہنچ جاتی ہے۔

دنیاوی معاملات کی وسعتوں میں نظر دوڑائیں تو کہیں لوگ پیسوں کی تنگ دستی میں زندگی گزارنے پر مجبور ہیں، تو کہیں دولت کی فراوانی میں کھیلنے والے لوگ دکھائی دیتے ہیں۔

ایک کڑوا سچ یہ ہے کہ دنیا میں کوئی بھی انسان مکمل طور پر مطمئن یا مکمل نہیں ہوتا۔

ہم ہمیشہ اپنی آنکھوں سے وہی دیکھتے ہیں جو ہمارے پاس نہیں ہوتا، اور دوسروں کی زندگیوں کو دیکھ کر سوچتے ہیں کہ وہ کتنے خوش نصیب ہیں۔ لیکن ہمیں یہ ادراک نہیں ہوتا کہ وہ لوگ بھی کسی نہ کسی محرومی کا شکار ہیں، کیونکہ دنیا کا نظام ہی عدم تکمیل پر قائم ہے۔

زندگی کا اصل حسن یہ ہے کہ انسان اس حقیقت کو سمجھے اور اللہ کا شکر بجا لائے۔ اللہ نے جو کچھ ہمیں عطا کیا ہے، وہ ہمارے لیے بہترین ہے اور جو کچھ نہیں دیا، اس میں بھی اس کی حکمت پوشیدہ ہے۔ اس فانی دنیا کی حقیقت یہی ہے کہ یہ ایک عارضی اور فریب زدہ سراب ہے۔ یہاں کی خوشیاں اور مصائب سب عارضی ہیں اور ان کا مقصد ہمیں آزمائش میں بتلا کرنا ہے۔ اللہ کی رضا پر راضی رہنا اور اس کے فیصلوں کو قبول کرنا ہی اصل کامیابی ہے۔

زندگی کی اس مختصر مسافت میں ہمیں یہ نہیں دیکھنا کہ ہمیں کیا نہیں ملا، بلکہ اس پر غور کرنا چاہیے کہ ہمیں کن نعمتوں سے نوازا گیا ہے۔ اللہ نے ہر انسان کو اس کی ضرورت کے مطابق عطا کیا ہے، اور ہمارا امتحان یہ ہے کہ ہم ان نعمتوں کا شکر ادا کریں۔

زندگی کی اصل خوبصورتی اسی میں ہے کہ ہر حال میں شکر گزار رہیں، کیونکہ آخری منزل وہ ہے جہاں ہمیں اپنے رب کے سامنے پیش ہونا ہے، اور یہی وہ حقیقت ہے جس پر دنیا کی ہر شے کا خاتمہ ہوتا ہے-

زندگی ایک خواب ہے، خوابوں کی کہانی ہے

کبھی مسکراہٹوں کا جہان کبھی آنکھوں میں پانی ہے

کبھی پھولوں کی طرح نرم کبھی کانٹوں کا سفر ہے

کبھی خوشبو کا پیغام کبھی درد کا ہنر ہے

ہر موڑ پر اک نیا سبق، ہر گام پر اک نئی راہ

کبھی سجدے میں سر جھکا، کبھی دل میں بے پناہ آہ

یہ سانسوں کا سفر بھی ایک لمحاتی سلسلہ ہے

زندگی کی حقیقت بس اک عارضی تماشا ہے

کبھی بے حساب خوشیاں، کبھی غم کا سمندر

کبھی شکر کی دولت، کبھی صبر کا مقدر

زندگی کے رنگ ہزار ہیں، پر منزل ایک ہی ہے

ہر راستے کا آخری پڑاؤ بس رب کی ایک دید ہے

زخمِ محبت اور رشتوں کی حقیقت

زندگی کے پیچیدہ اور گہری راستوں پر چلتے ہوئے، ہم ایسے لوگوں سے ملتے ہیں جن کی محبت اور دوستی ہمیں اپنی طرف مائل کرتی ہے۔ ہم دل کی گہرائیوں سے انہیں اپنا حصہ بنا لیتے ہیں، انہیں اپنی زندگی کی اہمیتوں میں شامل کرتے ہیں۔ ہم اپنے خوابوں اور امیدوں کو ان کے ساتھ شیئر کرتے ہیں، ان کے ساتھ خوشیوں کے لمحات گزارتے ہیں، اور ان کے ساتھ اپنی زندگی کے راز کھولتے ہیں۔ مگر بعض اوقات، یہ محبت اور دوستی ایسی شکل اختیار کرتی ہے جو ہمارے دل کے قریب ہوتے ہوئے بھی ہمیں زخمی کر دیتی ہے۔

وہ لمحے جب ہم ایک گہرے رشتہ کی تلاش میں ہوتے ہیں، اور سامنے والا ہمیں صرف دھوکہ دیتا ہے، وہ لمحے ہماری زندگی کے سب سے تکلیف دہ لمحات ہوتے ہیں۔ ہم اپنی محبت کی حقیقت، اپنی سچائی کی قدر، اور اپنے دل کی گہرائیوں کو اس شخص کے سامنے پیش کرتے ہیں، مگر بدلے میں ہمیں صرف منافقت اور بے وفائی ملتی ہے۔ یہ وہ لمحے ہوتے ہیں جب محبت کے وعدے، دوستی کے خواب، سب کچھ ایک دھوکہ بن جاتے ہیں، اور ہم خود کو ایسی حقیقتوں کا سامنا کرتے ہیں جو دل کو چیر کر رکھ دیتی ہیں۔

ہماری امیدیں، خواب، اور یقین سب کچھ ایک لمحے میں ٹوٹ جاتے ہیں۔ وہ باتیں جو کبھی ہمیں خوشی دیتی تھیں، اب ہمیں زخم دے رہی ہوتی ہیں۔ وہ چہرے جو کبھی ہمارے دل کی دھڑکنوں کو تیز کر دیتے تھے، اب ہمیں صرف مایوسی اور درد کا سامنا کراتے ہیں۔ اس وقت ہم خود کو اس حالت میں پاتے ہیں جہاں ہر چیز، ہر بات، اور ہر لمحہ ہمیں ٹوٹتا ہوا محسوس ہوتا ہے۔ دل کی گہرائیوں سے نکلتی ہوئی یہ چیخیں، یہ آہیں، سب کچھ ایک گہرے درد کی عکاسی کرتی ہیں۔

جب ہمیں یہ احساس ہوتا ہے کہ سامنے والا شخص نہ تو ہماری محبت کی قدر کر سکتا ہے، نہ ہی ہمارے دل کی سچائی کو سمجھ سکتا ہے، تو ہم ایک نئی حقیقت کا سامنا کرتے ہیں۔ ہم سمجھ جاتے ہیں کہ ہمیں ان لوگوں سے خود کو آزاد کرنے کا وقت آگیا ہے جو ہماری زندگی میں صرف تکلیف اور درد کی اضافت کرتے ہیں۔ ہم اپنی دل کی دھڑکنوں میں ایک بوجھ محسوس کرتے ہیں، اور ہمیں یہ سمجھ آتا ہے کہ اب ہمیں اس رشتہ کو ختم کر دینا چاہیے تاکہ ہم اپنی زندگی کی خوشیوں کی طرف واپس جا سکیں۔

یہ لمحات بظاہر آسان لگ سکتے ہیں، مگر ان کے پیچھے جو درد اور تکلیف چھپی ہوتی ہے، وہ بہت گہری اور شدید ہوتی ہے۔ جب ہم کسی کو اپنی زندگی سے نکالتے ہیں، تو ہم اپنے دل کو ایک نیا درد دینے والے سے آزاد کرتے ہیں، مگر اس کے

ساتھ ہی ہم اپنی دل کی ایک بڑی حصے کو بھی کھو دیتے ہیں۔ یہ لمحے ہمیں اپنے آپ سے سوال کرنے پر مجبور کرتے ہیں۔ ہمیں اپنی محبت، اپنی سچائی، اور اپنی قدر پر شک کرنے پر مجبور کرتے ہیں۔

مگر، ہمیں یہ سمجھنا چاہیے کہ جو شخص ہماری محبت اور سچائی کی قدر نہیں کرتا، وہ ہمارا حق نہیں ہے۔ ہمیں اپنی زندگی میں ان لوگوں کو جگہ دینی چاہیے جو ہماری محبت کی قدر کریں، جو ہماری سچائی کو سمجھیں، اور جو ہمارے دل کی گہرائیوں کو پہچان سکیں۔ ہم نے اپنی محبت اور سچائی کو برقرار رکھتے ہوئے، خود کو اس رشتہ سے آزاد کرنے کا فیصلہ کیا ہے جو ہمیں تکلیف دیتا تھا۔

زندگی کی اس راہ پر چلتے ہوئے، ہمیں اپنی خودداری اور عزت نفس کو برقرار رکھنا بہت ضروری ہے۔ ہمیں اپنی محبت، اپنی سچائی، اور اپنی دل کی گہرائیوں کو ہمیشہ اولیت دینی چاہیے، چاہے دنیا ہمیں کتنے بھی دکھ دے۔ ہمیں اپنی دل کی روشنی کو ہمیشہ برقرار رکھنا چاہیے، کیونکہ یہی روشنی ہمیں زندگی کی ہر تکلیف اور درد سے باہر نکالتی ہے۔

جب ہم اپنے دل کی گہرائیوں سے خود کو آزاد کرتے ہیں، تو ہم حقیقت میں اپنی زندگی کی خوشیوں کی طرف واپس جاتے ہیں۔ ہم اپنے دل کو نئی روشنی دیتے ہیں، نئی امیدیں باندھتے ہیں، اور ایک نئی سمت کی طرف بڑھتے ہیں۔ یہ لمحہ ہماری

خودداری، محبت، اور سچائی کی ایک عظیم فتح ہے، جو ہمیں سکھاتی ہے کہ زندگی میں ہمیں اپنے دل کی قدر کرنی چاہیے

کیوں بات بات پہ بھڑک جاتے ہو تم
ادب کر نہیں سکتے تو آداب سکھانے سے گریز کیجئے

منافقت سے اچھا ہے تیرا قطع تعلق کرنا
رشتے نبھانے نہیں آتے تو بنانے سے گریز کیجئے

دل سے جوڑا تھا یہ رشتہ ہم نے
دل رکھنا نہیں آتا تو دل ملانے سے گریز کیجئے

جاؤ جانا ہے تو خوشی سے جاؤ
مگر واپس پلٹ آنے سے گریز کیجئے

تیرا بچھڑ جانا تیرے بدل جانے سے بہتر ہے
ایک بار رونا بار بار رونے سے بہتر ہے

ہم نے سوچ لیا اب تم سے کنارہ کرنا بہتر ہے
تو ہمیں سمجھ نہ سکا اب خود کو سمجھانا بہتر ہے

قلبی خیالات

پیارے قارئین، میرے دل کی گہرائیوں سے آپ سب کا شکر گزار ہوں کہ آپ نے میری شاعری کی اس کتاب کو وقت دیا۔میں نے کئی مشہور اور معروف شاعری کا مطالعہ کیا، جنہوں نے اپنے فن کے ذریعے دلوں کو چھو لیا اور ذہنوں پر گہرا اثر چھوڑا۔ان شاعروں نے اپنی تحریروں میں مختلف رنگ بکھیرے اور الفاظ کے ذریعے زندگی کے مختلف پہلوؤں کو اجاگر کیا۔میں ان سب کا دل کی گہرائیوں سے شکر گزار ہوں کہ انہوں نے اپنی شاعری کے ذریعے نہ صرف مجھے بلکہ لاکھوں قارئین کو متاثر کیا۔

یوں تو میں نے بہت سے شاعروں کو پڑھا ہے، مگر یہاں میں کچھ شاعروں کے اشعار پیش کرنا چاہتی ہوں جو میرے دل کے بہت قریب ہیں،اور جنہوں نے میری شاعری کو اس کتاب کی صورت دینے میں بڑا کردار ادا کیا۔

بستر سے اٹھ کر مسجد تک نہ جا سکے اقبال

خواہش رکھتے ہیں قبر سے اٹھ کر جنت تک جانے کی

(علامہ محمد اقبال)

وہ جو اک شخص مجھے طعنہ ء جاں دیتا ہے

مرنے لگتا ہوں تو مرنے بھی کہاں دیتا ہے

تیری ہی شرطوں پہ ہی کرنا ہے اگر تجھ کو قبول

یہ سہولت تو مجھے سارا جہاں دیتا ہے

(اظہر فراغ)

خزاں کی دھوپ سے شکوہ فضول ہے محسن

میں یوں بھی پھول تھا آخر مجھے بکھرنا تھا

(محسن نقوی)

وہ جو کہتا تھا تارے توڑ لاؤں گا

اس نے آسمان ہی گرا دیا مجھ پر

(جون ایلیا)

امید ہے کہ یہ اشعار آپ کے دل کو چھوئے گے۔

دعا و شکریہ

پیارے قارئین، میرے دل کی گہرائیوں سے آپ سب کا شکریہ کہ آپ نے میری شاعری کی اس کتاب کو وقت دیا اور اس کے پیغام کو سمجھنے کی کوشش کی۔ میں نے اس کتاب کو لکھتے وقت بہت سی مشہور اور معروف شاعری کا مطالعہ کیا، جنہوں نے اپنے فن کے ذریعے دلوں کو چھو لیا اور ذہنوں پر گہرا اثر چھوڑا۔ ان شاعروں نے اپنی تحریروں میں بے شمار رنگ بکھیرے اور الفاظ کے ذریعے زندگی کے مختلف پہلوؤں کو اجاگر کیا۔ میں ان سب کا دل کی گہرائیوں سے شکر گزار ہوں کہ انہوں نے اپنی شاعری کے ذریعے نہ صرف مجھے بلکہ لاکھوں قارئین کو متاثر کیا۔ یہاں میں کچھ اشعار اور خیالات پیش کرنا چاہتی ہوں جو میرے دل کے بہت قریب ہیں، اور جنہوں نے میری شاعری کو اس کتاب کی صورت دینے

میں بڑا کردار ادا کیا۔ یہ اشعار میرے ذاتی تجربات، جذبات اور خیالات کا عکاس ہیں اور میں چاہتی ہوں کہ آپ بھی انہیں اپنے دل میں جگہ دیں۔ میری شاعری کی یہ کوشش ہے کہ آپ کی زندگیوں میں خوشبو اور امید کی ایک چمک بھر دے۔ یہ کتاب میری محبت، جذبے اور فن کی عکاسی ہے اور میری خواہش ہے کہ یہ آپ کے دل کو چھو جائے اور آپ کو اپنے اردگرد کے خوبصورت لمحے یاد دلائے۔ آپ سب کا شکریہ کہ آپ نے اس سفر میں میرا ساتھ دیا اور میری شاعری کو سراہا۔ میں امید کرتی ہوں کہ آپ کو میری شاعری میں وہ احساس ملے گا جو میں نے اسے لکھتے وقت محسوس کیا۔

یہ کتاب محبت اور دعا کے ساتھ اختتام پذیر ہوتی ہے۔ دعا ہے کہ اللہ تعالیٰ ہماری تمام خواہشات کو اپنی رحمت سے سرفراز فرمائے اور ہمیں اپنی ہدایت کے راستے پر گامزن رکھے۔ آپ کی محبت اور حمایت کے لئے شکر گزار ہوں۔

طالب دعا: نگین طاہر

"میری زندگی کے روشن ستارے"

میرے والد، میرا فخر: — طاہر محمود

میری ماں، میری محبت: — مسرت نسیم

میری بڑی بہن، میرا مان: — روشین مجید

میرا بھائی، معصومیت کا آئینہ — عبدالمجید

میری چھوٹی بہن، میری جان: — عشاء طاہر